Un cœur pour deux

Nicolas Durand

Un cœur pour deux

Roman

LE LYS BLEU
ÉDITIONS

ISBN : 979-10-422-1223-0

À Mehdi…

Vouloir être heureux seul est une folie.

Vous avez le droit d'être heureux mais il faut que les autres le soient aussi.

Il y a des gens que je méprise beaucoup : ce sont ceux qui sont indulgents avec eux-mêmes et cruels avec les autres.

Il y a des gens que j'admire plus que tout : ce sont ceux qui sont durs avec eux-mêmes et doux avec les autres.

Jean d'Ormesson

1

Nous arborons notre amitié comme une médaille mais les récompenses valent pour le passé.

Mardi 24 janvier 2023

La nuit fut courte. Je pense à toi, essayant d'imaginer ce que tu vis et ressens. Je ne quitte pas mon portable des mains, guettant la moindre notification, cherchant une explication à son silence incompréhensible.

Dors-tu ? Es-tu éveillé ? Es-tu conscient ou inconscient ? À quoi songes-tu ? Appartiens-tu seulement encore à ce monde ?

Les interminables complies ne m'ont pas permis de m'endormir l'esprit serein. Une nuit courte et agitée. Il faut essuyer la vitre de la fenêtre pour retirer la buée et deviner une nuit étoilée. Dehors, le mercure oscille entre le gel et le froid comme toi entre la vie et la mort. Je m'entends encore crier ton prénom, déchirant la nuit, paradoxalement calme et paisible.

Je culpabilise de me tenir debout à cette heure de la nuit sans pouvoir faire quoi que ce soit. Ton jeune âge ne légitime pas ton hospitalisation. Ton état d'esprit d'habitude si positif ne permet pas d'envisager le pire, ton physique n'autorise pas non plus l'idée de te voir dépérir. Et pourtant…

Ton épouse m'avait informé par SMS de ton départ soudain aux urgences. Elle me donnait au fur et à mesure des nouvelles qui n'en étaient pas. Tu attendais une prise en charge, les examens, les résultats…

Dans la journée, une fatigue extrême te contraint à annuler notre réunion de travail. Un rendez-vous en visio avec un important prospect avec lequel nous espérions tant signer. Je n'imaginais pas l'assurer sans toi. Ton aura et ton discours impressionnent autant nos interlocuteurs que moi. Je suis admiratif de ce que tu es capable de faire. Je progresse, à mon rythme et avec mes capacités à tes côtés mais sans jamais t'égaler. C'est parfois très frustrant. Il en faut de l'amitié pour toujours accepter le second rôle, le choix par défaut. J'imagine la difficulté des apôtres mais je ne serai jamais Judas Iscariote… Ils ont malgré tout plutôt bien réussi leur vie !

Tes traits de visage étaient plus marqués qu'à l'accoutumée. Ton regard portait l'incompréhension. Ton souffle lent et court m'avait étonné. J'avais mis ça sur le compte de la qualité de la visioconférence et par la masse de travail que tu abats au quotidien dans le cabinet d'avocats que nous avons créé. Le contraste avec mon ami Rayan que j'avais vu il y a maintenant plusieurs mois pouvait surprendre.

Nous sommes des associés et des amis. Le temps, la distance et nos relations personnelles ont laissé moins de possibilités de rencontres et d'échanges. Notre complicité n'était plus la même. Un peu comme un vieux couple. C'est beau, dit-on pour se rassurer mais en fait, c'est moche. Je suis malgré tout toujours resté dans l'attente de pouvoir t'aider considérant que l'amitié est à prouver à chaque fois que tu en as besoin. Nous arborons notre amitié comme une médaille mais les récompenses valent pour le passé. L'amitié est à vivre chaque jour. Maintenant et demain. Je songe soudainement que le temps a filé et nous a échappé. C'est curieux ces pensées. C'est comme si je faisais le bilan d'une vie.

Les yeux rougis à peine ouverts, le visage capitulant devant le temps passé et qui laisse les rides envahir l'espace comme une herbe sauvage, le dos voûté comme accablé par le poids de l'angoisse, je me tiens devant la glace de la salle d'eau. La lumière blanche qui habituellement me donne un teint d'une fraîcheur comparable à la promesse de mon dentifrice m'envoyait le visage pâle et terne d'un fantôme.

Pourquoi constatais-je aujourd'hui que mon corps et ses envies avaient changé ? Je réalise à l'instant que tu ne me surnommeras plus jamais « bogoss ». Je n'y ai jamais cru mais ça m'avait fait plaisir. Les souvenirs des moments heureux me reviennent en flots. Les promesses faites autour des nombreux verres aussi. Pourrons-nous rattraper le temps perdu ?

C'est étrange de parler de toi au passé, sans savoir ce qu'il advient de ton corps meurtri, sans pouvoir imaginer un seul instant ton départ vers un autre monde. J'ai toujours eu peur de l'abandon, toujours pensé être un imposteur et ne pas mériter ton amitié. Je regrette de ne pas avoir pris les billets d'avion pour réaliser le voyage que nous envisagions lorsque nous refaisions le monde, un verre de Mandarine Napoléon avec des glaçons à la main. Je déplore de ne pas t'avoir kidnappé pour un road trip. Nous avons oublié de vivre. Nous allons nous rattraper. Peut-être…

La douche comme ultime tentative de réveil laisse rouler sur ma peau des milliers de perles d'eau dont le massage et le réconfort ne me tirent que partiellement de mon état comateux. Je reprends mes esprits et je m'accroche à l'idée que tu m'attends pour un café clope. Comme avant.

Par un mail envoyé à 2 heures du matin, je demande à notre assistante d'annuler tous nos rendez-vous de la journée. Ceux de la semaine aussi. Je serai là, toujours pour toi. Je sais que tu m'attends, que tu espères me voir débarquer comme pour mettre au défi mon amitié. Je te tiendrai compagnie pour écourter les journées à l'hôpital. Je te raconterai toujours les mêmes blagues et tu riras par politesse. Je t'aiderai dans l'accomplissement des gestes quotidiens. Nous referons le monde comme à notre habitude et nous prierons d'une seule voix. J'ai pris la dernière place dans le TGV pour traverser la France de Lille à Montpellier. Je serai là ce soir si tu veux bien m'attendre…

Mon pessimisme que tu as souvent injurié et qui te désespérait laisse échapper quelques mots inquiétants dont la graduation me laisse de glace : infarctus, réanimation, crise cardiaque…

Je ne reçois plus de SMS. L'absence de nouvelles laisse libre cours aux scénarios les plus tristes pour une comédie dramatique dont tu es malgré toi le héros. Une fois encore, j'ai le second rôle. J'attends le dénouement et un happy end comme dans les mauvaises séries B, sans trop y croire. Ce soir, j'irai te visiter et je refuserai que ce soit la dernière séance.

2

Tout me ramène à toi. Je pense qu'il n'y a pas de hasard.

Mercredi 25 janvier 2023

Je rassemble les premiers effets personnels qui se présentent à moi sans trop réfléchir. Les quelques vêtements empilés à la hâte grossissent le ventre de la valise visiblement trop petite. Il faut compter sur tout mon poids pour parvenir à faire glisser la fermeture éclair de la valise.

Je ne sais pas encore à cet instant la durée de mon séjour. Il prendra le temps de ta guérison. Une affaire de trois ou quatre jours. J'en suis persuadé. Ma présence et mon amitié excessives te motiveront à te rétablir rapidement.

De ma fenêtre, je scrute le ciel dégagé. L'air sec et froid rappelle sans condition que nous sommes encore dans l'hiver.

Une automobiliste gratte le pare-brise de sa voiture qui peine à démarrer pour se rendre au travail. Chacune de ses respirations laisse échapper un petit nuage de condensation. Les cheminées des immeubles anciens face à mon habitation expirent une fumée qui trouble la lueur du soleil levant.

Ils sont beaux, ces immeubles du vieux Lille. Celui d'en face est en briques rouge pourpre. Le ton pourrait être austère s'il n'était pas rehaussé par des pierres de taille au contour des fenêtres qui lui donnent une fière allure bourgeoise. Les toitures en escaliers dits en « saut de moineaux » lui confèrent un style flamand ou soissonnais. Des marches pour monter plus facilement vers le ciel.

Au rez-de-chaussée se tient une échoppe remarquable. On y vend les célèbres gaufres lilloises. Une institution ici surtout quand elles sont issues d'un savoir-faire transmis depuis cinq générations. L'incontournable gaufre à la vergeoise est la reine de la vitrine à l'aspect volontairement vieillot pour rappeler que cent cinquante ans contemplent ce savoir-faire gourmand. Elle trône aux côtés des gaufres aux parfums plus actuels comme la vanille, le citron, le spéculoos, la mangue ou la pistache. Des milliers de gaufres dites liégeoises, plates et fourrées, sont vendues tous les jours. On y croise des touristes d'Europe du Nord, des Lillois, des jeunes et leurs aînés. Le général de Gaulle y venait dans sa jeunesse, paraît-il. À l'intérieur, rien n'a changé. Les ingrédients sélectionnés pour leur qualité et les gestes sont les mêmes. Une recette secrètement gardée qui n'a connu d'évolution que dans la variété des parfums. Même les machines sont d'un autre temps. Noircies depuis longtemps par la chaleur de la cuisson, elles donnent un aspect imparfait à la gaufre faisant de chacune d'elles une forme unique. Je dois trouver une place dans mon bagage pour t'en apporter.

Le charme et la qualité de vie du nord invitent à la flânerie, à lever la tête. J'ai le mal du pays dès que je m'en éloigne trop longtemps. Dans le passé, je venais souvent à Montpellier te rendre visite. À chaque séjour, j'avais droit aux sempiternelles blagues que les Sudistes réservent avec condescendance aux Nordistes en leur demandant « Alors, tu viens voir à quoi ressemble un ciel bleu ? » Même avec l'accent, je n'ai jamais trouvé d'intérêt à parler de la météo.

La vie est radicalement différente dans le pourtour méditerranéen. Les week-ends d'été, tu les passes dans des mas en périphérie de Montpellier. Au bord de la piscine à débordement, les verres à ras bord, un cocktail de discussions sans vagues pour se noyer. Autour de toi, des filles qu'on peine à regarder dans les yeux. Leur intérêt étant ailleurs. Un plongeon dans le décolleté plus que dans la piscine. Les tympans abîmés par une musique qui n'est là que pour faire bouger les pieds et mettre en valeur les corps fins et bronzés dans l'espoir d'une aventure sexuelle sans lendemain. Le réseau, des amis superficiels, t'apporte l'ivresse d'une vie sociale, sentimentale et professionnelle réussie dont ils peuvent tirer profit. Une fois la fête finie, qui sera là dans les heures les plus sombres ?

Les gens du Nord, connus pour leur sens de l'accueil, sont aussi des travailleurs acharnés. Historiquement, la région a fait la richesse du pays lors de la Révolution industrielle puis avec le travail dans les mines de charbon qui produisaient jusqu'à trente-cinq millions de tonnes par an avec la force de travail de cent trente mille hommes.

Les industries prospéraient et fournissaient du travail pour tout le monde. Un tissu universitaire riche en grandes écoles favorisait son développement.

Même si par deux fois au vingtième siècle, la région a été dévastée et meurtrie par les atrocités des Guerres mondiales, tout a été reconstruit en moins de deux décennies à la force des bras avant que le territoire soit abandonné dans les années soixante au profit du Sud. L'État ayant décidé de construire des dizaines de stations balnéaires pour retenir les Français en quête de soleil et d'oisiveté vers l'Espagne. La côte est démoustiquée à grand renfort de pesticides et les terrains marécageux asséchés pour laisser place aux barres de béton ou aux constructions sans style. Depuis, j'ai le sentiment que les Hauts-de-France et ses habitants sont, à bien des égards, les mal-aimés du pays. Au Nord, le travail. Au Sud, la fête et la vie facile. Nous gagnerions à mieux nous connaître pour effacer les clichés.

J'avais cependant grand-peine à quitter Montpellier, car nous avions à chaque fois des discussions personnelles et profondes, une fois sortis du cadre professionnel. C'était pour moi très enrichissant. Somme toute, j'ai besoin de m'élever l'esprit et de libérer la parole. Toi seul y parviens et acceptes d'accueillir mes pensées. J'avoue timidement, presque honteusement, qu'il m'est parfois difficile de suivre tes raisonnements. La vivacité et la vision te caractérisent bien. Tu fais montre d'un grand professionnalisme dans tes affaires. Me concernant, te suivre est un challenge permanent comme une quête sans fin.

Dans ton état actuel, je ne sais comment tu te sens mais je ne t'imagine pas accablé par la maladie. D'ailleurs, si c'était le cas, tu n'en dirais rien. En éternel optimiste, tu caches la moindre défaillance qui pourrait ternir ton image. À moi de chercher la faille pour dévoiler ta vraie personnalité et te permettre de t'exprimer à cœur ouvert.

Je suis à quelques encablures de la gare de Lille-Flandres. Mon appartement est à moins de vingt minutes à pied. Je ne peux m'empêcher de m'y rendre dès maintenant alors qu'il me reste deux bonnes heures devant moi. L'impatience et l'ennui ont eu raison de moi. Je traîne dans les rues du vieux Lille. L'architecture flamande, les maisons colorées avec leurs logettes et tourelles, les galeries d'art, les cafés chics et les boutiques huppées font de ce quartier un lieu bourgeois et agréable. Habituellement, j'aime flâner et me perdre dans les dédales de rues. Aujourd'hui, je ne m'attarderai pas au *Coffee House* pour prendre mon café quotidien. Je marche droit devant, d'un pas décidé. Le cliquetis de ma valise sur les petits pavés à l'approche de la gare annonce ceux du train sur les rails.

La gare de Lille semble posée comme une intrusion dans le paysage urbain nordique. Et pour cause, elle est ni plus ni moins l'ancienne gare du Nord parisienne. Jugée trop petite, elle fut démontée et rebâtie à Lille aux alentours de 1850. Les hôtels qui lui font face ont adopté ce style parisien avec de grands immeubles haussmanniens de cinq étages arborant fièrement leur enseigne de prestige « le Napoléon », « le Continental ».

Les battements de mon cœur se synchronisent sur les cloches de l'église Saint-Maurice de Lille qui annoncent dix heures. La place de la gare est redevenue calme après le passage en flot des travailleurs empruntant le train pour travailler dans le centre de la ville.

La grande verrière de la gare étouffe les crissements de freins des locomotives et le brouhaha des passagers. Nombre d'entre eux se tiennent debout, le regard oscillant entre le panneau affichant les départs et leurs minutes de retard et la grosse horloge qui rythme la vie de ce lieu depuis plus de cent cinquante ans. D'autres courent après le temps et leur correspondance.

Au centre de la gare, entre les allées et venues, les pérégrinations des voyageurs venus de toute l'Europe, un artiste anonyme se risque au piano mis à disposition par la SNCF pour humaniser le lieu. Il sera entendu ou écouté par des centaines de personnes. Moment de gloire éphémère dont il ne perçoit pas la portée. Il émeut les passants en transit. De timides applaudissements se font retentir avant que chacun reprenne sa route. Instant de plaisir comme une parenthèse dans le tumulte de la vie. J'ai très vite reconnu Yellow Jacket de Shaun Martin. Combien de fois l'avions-nous écouté lorsque tu venais me rendre visite ? Nous aimions ces soirées lors desquelles nous philosophions sur la vie. Tu m'amenais toujours à me poser des questions sur ma propre vie et sur ma façon d'agir avec les gens qui m'entourent. Tout me ramène à toi. Je pense qu'il n'y a pas de hasard.

Le TGV Inoui 5934 est annoncé au départ à 11 h 3. Je serai à 16 h 49 à Montpellier Sud de France.

3

C'est lorsque tout semble se dérober qu'il faut y croire plus que jamais.

Jeudi 26 janvier 2023

Le TGV s'élance doucement. Dès les premiers à-coups de la locomotive, les passagers baissent la voix comme si le cliquetis discret s'apparentait à une berceuse. Certains, en boule ou la tête posée sur leur voisin, dorment déjà.

J'ai pris soin de prendre mon PC pour travailler et tenir mes engagements auprès de nos clients. Notre cabinet d'avocats est spécialisé dans le droit social. Bien que nous nous adressions plutôt aux grands groupes, j'ai à cœur de défendre de temps à autre le faible contre le fort. Je défends un salarié victime de harcèlement par son employeur, un important groupe. Avocats, toi et moi aimons faire éclater la vérité et la justice, surtout quand la victime s'en remet à nous en dernier recours. La fourmi contre l'éléphant. Ce n'est pas un dossier qui nous rapportera une aisance financière, mais beaucoup sur le plan humain. Passer en sauveur et en protecteur n'a pas de prix et donne un sens à notre métier.

La force de traction du train plaque doucement mon corps au dossier en velours rayé de rouge et de gris. Le haut-parleur crache des mots à peine audibles. Le chef de bord souhaite la bienvenue et annonce que le train desservira les gares de Haute Picardie (appelé la gare des betteraves), de Marne-La-Vallée, Lyon, Nîmes et Montpellier sud de France, la gare terminus. Des mesures de courtoisie et de bon sens sont annoncées : les déchets trouvent leur place dans des poubelles pour l'hygiène et la propreté (on n'arrête pas le progrès), les appels téléphoniques doivent être passés depuis la plateforme pour ne pas déranger (il y va fort !) et enfin, qu'il ne faut pas descendre du train avant son arrêt total (à 300 km/h, il est raisonnable de faire passer le message !).

C'est au tour du barista de tirer les passagers de leur smartphone ou de leur livre pour proposer une petite restauration et une collation à la voiture numéro 7. Le fameux sandwich SNCF s'est bien amélioré mais mon estomac noué ne supportera pas une alimentation forcée qui serait vécue comme un gavage. J'ai pourtant faim. J'ai sommeil mais je ne tiens pas plus de dix secondes les paupières fermées. Fermer les yeux, c'est ce qui m'effraie le plus depuis cette nuit.

Je termine ma note que j'envoie au client. Habituellement, cela me prend trente minutes. Aujourd'hui, c'est le temps de trajet entre Lille et Marne-La-Vallée, gare de Disneyland. Sur le quai, l'assaut est donné. Des dizaines de souris montent dans un fracas perturbant accompagnées par Dingo, Minnie et Donald Duck. Le voyage promet d'être, à mon grand regret, ambiancé. Cette fois, le barista va-t-il annoncer un os à moelle ou de l'emmenthal au wagon-bar ? Le chef de bord va-t-il demander à promener les chiens dehors durant le voyage ? J'ai du mal à contenir mon énervement. Pendant que certains s'amusent, un autre agonise.

Je crois que j'ai dormi. Difficilement, je regarde l'heure et cherche la cohérence avec le paysage. Le paysage sec et aride de janvier à décembre confirme l'heure donnée par ma montre et donc la distance parcourue. Je regarde discrètement autour de moi et m'assure que personne ne se moque de moi. Il paraît que je ronfle. Je me sens soudainement honteux et aimerais revêtir le ridicule serre-tête Mickey s'il pouvait me garantir de passer dans un trou de souris.

Notre assistante a tenté de me joindre huit fois. Elle ne parvient pas à te parler non plus. Je la rassure et je l'appellerai ce soir ou demain. Je change le message d'accueil pour annoncer mon indisponibilité et ne répondrai qu'aux appels de ta part, si tu m'appelles.

Je feuillette un magazine auto laissé dans le porte-revue. Les essais sur les routes d'Europe me font regretter de ne pas avoir pris ma DS 4. Il n'aurait pas été responsable de prendre la route. Mais je serais déjà là si j'étais parti cette nuit. J'aime les voyages en voiture. Le lever du soleil rappelle toujours les départs en vacances lorsque j'étais gamin. Ma playlist versus le bruit s'échappant de l'iPod de mon voisin. Ma thermos de café à la place d'une gorgée de robusta avalée en me cramponnant dans les allées du wagon-bar pour ne pas tomber. J'aime la route. Je prendrai un taxi en arrivant.

16 h 40, l'annonce vocale est toujours d'aussi mauvaise qualité mais nous prévient de l'arrivée imminente en gare Sud de France. Il est à l'heure. Certains diront sans jeu de mots que c'est inouï. Descendu, je ressens la douceur de l'air. Je suis caressé par un rayon de soleil. Il n'y a pas à dire, mais à cette période, un peu de chaleur fait du bien. Les Montpelliérains sont reconnaissables à leur doudoune alors que les autres ne portent qu'une simple veste, tout au plus un léger blouson.

Sur le parvis en hauteur, je reconnais des endroits bien familiers. De nouveaux immeubles ont été bâtis. Ça pousse comme des champignons avec de plus en plus de béton. Je suis à dix minutes de chez toi, mais je n'irai pas. Je contemple l'horizon en fumant une cigarette avant de terminer mon périple.

Une file de taxis attend le client. Une file de passagers attend un taxi. Selon la loi du marché, ils devraient tous trouver une entente équitable. Le mien approche. Je comprends que je dois, seul, charger le coffre et ouvrir la portière. Je demande à aller au CHU Guy de Chauliac. Pas de doute, je suis bien à Montpellier. Les taxis roulent plus vite qu'ailleurs et ont une connaissance assez approximative du Code de la route. Le chauffeur me demande d'où je viens. Il me demande si c'est pour voir le ciel bleu. Sans que je dise quoi que ce soit, persuadé que je serais d'accord avec lui, il affirme que le Nord est déprimant. Il se souvient de la fois où il est allé à Lyon. Il aura fallu moins de trente minutes pour que l'on me plaigne. Je ne réponds pas, je ne lui dis pas ce que je pense de sa réflexion mais lui formule laconiquement que j'aime le Nord.

Nous empruntons la rocade qui mène vers l'hôpital. Une rocade qui ressemble à toutes les autres. Les enseignes multicolores des grandes chaînes de magasins sont les mêmes partout. Seuls les micocouliers, platanes et pins qui bordent la route changent le paysage.

La circulation est dense à cette heure de sortie des bureaux. Il me semble que c'est toujours la sortie des bureaux dans cette ville tant la densité de population est forte.

Il faut en temps normal une vingtaine de minutes pour faire le trajet. Nous en mettons le double. Le temps me paraît aussi long qu'insupportable. D'une part, l'envie de te revoir me met en joie. C'est toujours un plaisir de te retrouver. D'autre part, la crainte m'envahit. J'ai peur de te perdre. Ce serait un cauchemar. Je veux croire que c'est juste un petit accident et que nous nous retrouverons très vite. Quel accueil vais-je recevoir et comment vais-je te trouver ? Le choc risque d'être terrible. Seras-tu capable de parler et d'exprimer la joie de me voir ?

Le taxi me dépose à l'entrée du CHU, non loin d'une station de tramway bondée. La proximité de l'université de médecine charge les nombreux voyageurs dans les trams bleus qui convergent vers le centre-ville animé de la ville pour passer des soirées estudiantines aussi joyeuses que bruyantes.

L'hôpital des années soixante-dix est entouré d'un parking devenu trop petit au fil des années. La ville connaît depuis quelques décennies une croissance démographique exponentielle. La vie est plus facile au soleil mais n'épargne visiblement pas la santé. Je trouve dans le hall le guichet des renseignements. Une jeune femme me répond presque mécaniquement et avec politesse que tu es en cardiologie, deuxième étage, chambre 33.

Le couloir est blanc ou bleu selon la face, éclairé par des néons au teint blafard dont certains scintillent. Des chariots de linges et des fauteuils roulants m'obligent à zigzaguer. Je croise du personnel soignant. Nous nous saluons avec un petit sourire crispé.

Je respire profondément avant de frapper à la porte, lève la tête, bombe le torse et affiche un sourire forcé. J'entends à peine ta voix en réponse de mon toc-toc vigoureux.

Tu es allongé dans la chambre dont la quiétude est troublée par les bips émis par une machine veillant sur ton rythme cardiaque.

— Ah ! Te voilà enfin ! Je me demandais si tu allais te décider à venir ! dit Rayan.

Je n'attendais pas une autre parole que celle-ci. Elle me suffit pour comprendre que j'avais encore de l'importance à tes yeux et à ton cœur vacillant.

Avec délicatesse, je t'embrasse et pose ma main sur tes cheveux. Je ne veux montrer ni mon émotion ni ma peur. Je ne soutiens pas le regard trop longtemps de peur que tu les voies rougir et briller.

— Je suis content d'être là, mon ami, mon meilleur ami !

Une chaise près de ton lit me permet d'être à ta hauteur et de prendre ta main. À ce moment-là, c'est mon cœur qui bat la chamade pour contrer les émotions de joie et de tristesse.

Tu ne montres jamais tes émotions, surtout à moi. Tu as comme une armure autour de toi, sans faille pour empêcher quiconque de percevoir une difficulté. Même en de telles circonstances, tu es soucieux de ton image.

Je te raconte mon voyage et te donne brièvement des nouvelles du cabinet. Putain ! J'ai hâte de reprendre des bières avec toi pour accompagner nos discussions profondes.

Pour le moment, la fatigue te terrasse et tu luttes pour ne pas dormir. Tu parviens tout de même à me raconter ce qui s'est passé. Je vois avec inquiétude que parler est un effort surhumain qui t'essouffle très vite. Tu poses ta main sur ta poitrine, sur ton cœur.

— C'est là que ça ne va pas… « Il est cassé », me dis-tu en avec un sourire séraphique.

Tu trouves encore la force de plaisanter et de sourire, peut-être pour ne pas m'inquiéter mais surtout pour manifester ta force comme à ton habitude.

— Je te connais comme si je t'avais tricoté ! Je sais que tu as un grand cœur. Il a juste besoin que tu lèves le pied quelque temps.

Tu travailles trop. Combien de fois l'ai-je dit ? Parfois pour justifier que je travaille moins que toi. C'est vrai.

— Oui, je ne m'inquiète pas. Une fois sorti d'affaire, je prendrai quelques jours. Enfin, le travail me manque tout de même… Je sais bien que tu dois t'inquiéter mais écoute-moi bien, Clément : *C'est lorsque tout semble se dérober qu'il faut y croire plus que jamais*. Tu m'entends, Clément ?

— Tu m'impressionneras toujours, Rayan. Ton optimisme te sauvera !

— Ton amitié aussi. Je sais que tu seras toujours là pour moi. Mais que comprends-tu dans ce que je viens de te dire ?

Je balbutie un début de réflexion. J'ai l'impression de passer l'épreuve de philosophie du bac. J'avance quelques idées en fronçant les sourcils.

— Quand les évènements de la vie te semblent insurmontables, je sais que tu as tendance à baisser les bras. Mais rétrospectivement, regarde tout le chemin parcouru. Et tes réussites, elles sont le fruit de ton acharnement. Tu as une force en toi incroyable. À chaque difficulté, tu grandis, tu te surpasses. Remémore-toi nos rêves, nos aspirations qui ont forgé notre amitié. Il y a eu souvent des moments difficiles mais nous y avons cru, nous sommes sortis de notre zone de confort pour que nous soyons plus forts et prêts à affronter les difficultés.

L'arrivée de l'aide-soignante met rapidement fin à notre échange qui devenait intéressant. Je dois te laisser reprendre des forces, me dit-elle. Je serais resté la nuit pour te veiller, s'il le fallait. Je serre ta main très fort entre les miennes et te promets de revenir demain.

L'hôtel dans lequel j'ai réservé m'entoure de calme et me distrait un peu. J'ai l'habitude d'y descendre et des liens amicaux se sont noués entre la direction, l'équipe et moi. J'y ai un traitement de faveur, je crois. L'hôtel, en banlieue de Montpellier, dispose d'un jardin arboré de lauriers fuchsia et blanc ainsi que de palmiers. Au bord de la terrasse, une piscine accueille les vacanciers aux beaux jours. C'est un établissement de famille qui autrefois était entouré de vignobles, avec la Méditerranée à quelques kilomètres. La dernière parcelle de vignes vient d'être achetée par un promoteur. Un immeuble ou un nouveau centre commercial y sera construit lorsque je reviendrai. L'urbanisation galopante de la cité me paraît démesurée.

Dans ma chambre, je revis le moment passé auprès de toi. Une phrase me revient : *C'est lorsque tout semble se dérober qu'il faut y croire plus que jamais.*

C'est vrai que depuis que je te connais, c'est toujours dans les moments où tout semble perdu, où l'incertitude règne en maître que tu crois plus que jamais en ta réussite.

Tu as appris, tu as grandi et tu t'es toujours surpassé dans l'adversité et la difficulté. Tu as une force intérieure phénoménale.

Il m'est souvent arrivé de baisser les bras et de céder au pessimisme lorsque notre vie professionnelle ne nous donnait pas toute la satisfaction que nous attendions. Tu m'as alors toujours rappelé que dans la vulnérabilité et le découragement il ne fallait pas perdre espoir. La réussite et l'épanouissement sont le fruit d'une persévérance inébranlable. L'échec est le résultat de notre vision d'esprit.

Une fois encore, je te vois puiser au fond de toi le courage et la détermination.

Tu as raison, ce n'est pas le moment de faiblir mais au contraire de redoubler d'efforts et de croire en un prompt rétablissement. Ta confiance et ta foi en Dieu sont inébranlables. Un Dieu qui pourtant semble t'avoir oublié, voire condamné.

Tu es convaincu au plus profond de toi qu'il faut garder la foi dans la difficulté. C'est dans ces moments-là que les miracles se produisent, que les combats se gagnent et que nous révélons notre véritable nature.

Tu prends ce que je considère comme une mauvaise nouvelle pour une occasion de grandir, un challenge pour devenir plus fort et meilleur.

Ta résilience et ta force de caractère m'impressionnent toujours et me font grandir à mon tour.

C'est avec un air grave et solennel que tu m'as dit cette phrase. Imaginerais-tu le pire et serait-ce un passage de relai ? Je ne comprends pas vraiment ce que tu attends de moi et pourquoi tu me dis ça. Tu ne cesses de m'encourager mais là, je suis perplexe. Je me sens partir dans un combat contre la maladie armé de ma seule amitié.

4

Fais don aux autres de ce que tu as de plus précieux : le temps.

Vendredi 27 janvier 2023

Je crois que je n'ai jamais aussi bien dormi depuis longtemps. La fatigue et le stress ont eu raison de moi. La télévision de la chambre a veillé sur moi toute la nuit. BFM TV me réveille avec les informations en boucle. Les actualités sont mauvaises, comme toujours. On ne parle jamais des bonnes nouvelles, c'est étrange. L'annonce de la découverte d'un corps au bord de la Seine me laisse de marbre et les températures hivernales au Canada, de glace. Je me sens insensible à toutes les informations. Je n'éprouve de sentiments et d'émotions que pour toi. Seul ton état de santé m'intéresse et me préoccupe.

Il faut attendre la chronique sportive pour sortir de la morosité. Je souris en entendant qu'hier l'équipe de foot de Montpellier rencontrait celle de Lille. Bien que je ne sois en rien passionné par le foot, j'apprécie être dans le camp des vainqueurs. J'écoute d'une oreille les commentaires. C'est fou comme les journalistes et les passionnés en général ont des explications et des conseils sur le sujet. Pour ma part, je serai toujours intrigué par la violence autour d'un sport, juste pour affirmer la supériorité de son équipe. C'est un sujet que nous n'abordons jamais ensemble. Je sais que tu aimerais commenter à ton tour les exploits des joueurs, comme moi, j'aimerais regarder une étape du Tour de France et te faire part de mon analyse. C'est peine perdue ! Nous n'avons jamais pu trouver un terrain d'entente sur le sujet.

J'irai à l'hôpital cet après-midi. J'espère te trouver en meilleure forme. Je repense à ma visite d'hier à la fois douce et intense. Chaque moment passé ensemble me laisse ce sentiment en fait. J'ai confiance, je sais que tu vas t'en sortir : « c'est quand tout se dérobe qu'il faut y croire plus que jamais ». Cette phrase m'a marqué, elle n'est pourtant pas inhabituelle chez toi. Tu me l'avais déjà dit à maintes reprises à propos de notre amitié que je croyais perdre ou du cabinet lorsque nous avions perdu notre plus gros client. À chaque fois, tu as trouvé les mots et la solution pour nous sortir de ces situations.

En marchant vers l'hôpital, les souvenirs et nos éclats de rire me reviennent. Je me souviens de ce jour au fast food de la commande de tes doubles burgers, des 8 sauces algériennes et d'un Coca zéro parce que c'est moins calorique. Tu hurlais ton choix depuis ta voiture si bien que tout le monde nous regardait. Et cette fois au Marché du Lez avec ses nombreux bars mais aussi le food truck avec ses welshs, ses vraies frites belges et ses bières qui surpassent ses homologues espagnoles. Je me souviens aussi des pâtisseries magnifiques. Je n'avais jamais mangé de Pavlova aussi bonnes. Je n'aurais jamais pu imaginer que tu sois un jour plaqué au fond d'un lit d'hôpital.

Ta santé fragile t'avait souvent contrainte à des hospitalisations. À chaque fois, j'étais là à tes côtés, abandonnant toutes mes occupations. L'amitié donne plus d'obligations que de droits.

L'hôpital étant à l'opposé de la ville, le tram m'accompagnera à présent. Cette marche m'a fait du bien. J'ai l'esprit plus léger. Je me dirige directement et sans hésitation vers ta chambre. À ma façon de marcher d'un pas assuré, je suis déjà un habitué de l'établissement.

J'ai le plaisir de te trouver assis près de la fenêtre. Te voir assis me rassure et m'offre une vision plus sereine que la veille.

— Hey, mon ami ! Comment te sens-tu aujourd'hui ?

— Ça va ! Je fatigue encore vite. J'ai essayé de marcher ce matin dans le couloir. Un infirmier m'a raccompagné. J'étais trop essoufflé. Quand ça ira mieux, tu m'emmèneras dehors ?

— Bien sûr ! Si tu veux, je t'emmène faire le road trip en Suède dont nous avions rêvé lorsque nous nous sommes rencontrés.

— Tu as vendu ta vieille Saab aussi, ce ne sera plus pareil…

Je sais bien que nous ne ferons pas ce voyage. Tu es marié et tu as trois enfants. Un ami, fût-il ton meilleur ami, ne peut rivaliser. Surtout sans la Saab !

Elle avait du charme cette automobile. Malgré son âge avancé, elle avalait le bitume avec la puissance de ses deux cent cinquante chevaux et le confort Pullman. Je prenais grand soin d'elle pour la garder dans son état d'origine. En revanche, quand tu en avais le volant, tu ne la ménageais pas, la poussant au-delà des deux cents kilomètres par heure. C'est vrai que sur les autoroutes allemandes, nous serions vite arrivés à destination. Le break nous aurait permis de prendre assez de matériel pour nous installer tranquillement au bord de la Baltique en attendant que grille notre saumon. Nous n'avons jamais pris le temps de le faire.

Je te tends le paquet de gaufres acheté avant mon départ. Paquet quelque peu maltraité par le voyage.

— As-tu regardé le match Montpellier/Lille hier ?

— Oui, d'un œil et sans pizza et sans bière !

— J'ai trouvé que Montpellier n'était pas dans le jeu. Les attaquants ont fait de la figuration, ne trouves-tu pas ?

— C'est exactement ça ! Mais enfin, Clément ? Je ne comprends pas, tu n'aimes pas le foot et tu n'as jamais rien compris à ce sport ! Comment peux-tu avoir une si bonne analyse ?

Nous rions. Pour une fois, je sens de l'admiration et ton regard en dit assez sur ton étonnement. C'était trop bon, je ne t'ai pas dit que c'est juste le commentaire que j'avais retenu des informations du matin ! Je m'en amuse secrètement, savourant ce moment de gloire et une gaufre.

Au fond, tout nous sépare. Tu aimes le foot passionnément, je trouve ça ennuyeux et violent. Tu aimes le risque, je préfère le confort. Tu es sudiste, je suis nordiste. Tu aimes la fête, le bruit et le monde, je déteste ça. Tu as plein d'amis, je n'ai que toi. La liste pourrait se prolonger à l'infini.

Nos divergences nous rapprochent finalement. J'aurais trouvé ennuyeux d'avoir un double. Qu'en aurais-je appris ? Qu'aurais-je vécu en sa compagnie ? Avec toi, je trouve des terrains inconnus, tu me sors de ma zone de confort me tirant chaque fois vers le haut et me poussant en avant. Nous avons su faire de nos divergences un cadeau à offrir et une amitié forte et saine. Sans nos divergences, elle serait moins intense et moins belle. À ce jour, la principale divergence reste la maladie.

Une aide-soignante entre dans la chambre et me demande de la quitter quelques minutes. Sa demande tombe à point. Tu aurais sans doute creusé sur mon analyse footballistique. Je n'aurais pas pu garder mon sérieux et j'aurais dévoilé la supercherie. Je ne t'ai jamais menti, jamais rien caché sauf aujourd'hui !

J'attrape au vol une infirmière et la questionne sur l'état de santé de Rayan. Sa réponse est lapidaire. Elle me dit que tu fatigues vite mais que je devrais demander au médecin demain qui pourra m'en dire plus.

— Tu sais, Clément, ici je me repose. Paradoxalement, c'est fatigant de se reposer. Je te promets qu'on fera tout ce que nous avions voulu faire et qu'on n'a pas eu le temps de réaliser.

— Les petites promesses de Rayan ! Ah… Elles me manquaient celles-là ! lui dis-je en riant amicalement.

Tu as l'habitude de promettre sincèrement mais de toujours remettre à plus tard. Remettre à demain, c'est pourtant remettre à jamais. Je le sais bien. Je ne pouvais t'en vouloir. Les promesses font plaisir à entendre. Il faut juste ne pas y croire.

— Je suis sérieux, Clément ! Je vais te dire une chose…

Allongé sur ton lit, tu me serres la main et me murmures une nouvelle pensée pleine de sagesse : *Fais don aux autres de ce que tu as de plus précieux : le temps.*

La fin imminente se confronte avec la beauté de ton esprit généreux qui restera à jamais gravé dans mes souvenirs. Ta leçon porte une vérité incontestable et c'est le temps qui va nous manquer à présent. Le temps est éphémère, donc précieux. Nous le possédons en quantité limitée sans jamais en connaître précisément l'échéance. Il nous accompagnera.

Nous en prenons conscience dans ces moments. Dans nos vies bien remplies, nous nous laissons emporter par des activités secondaires, des distractions, des relations sans intérêt et des obligations. Nous oublions de passer du temps avec ceux que nous aimons, de leur offrir une présence réelle et chaleureuse.

Au-delà d'être présent physiquement avec eux, c'est aussi s'engager dans les moments plus difficiles et faire montre d'écoute active, d'accueillir les émotions pour offrir un soutien désintéressé et sincère.

C'est ainsi que l'on tisse des relations profondes et saines. C'est ce que nous avons toujours fait ensemble. Faire don de ce que nous avons en quantité limitée est une preuve d'amitié.

— Vouloir être heureux seul est une illusion, Clément. Ton propre bonheur passe forcément par tes actes et tes paroles pour les autres.

J'écoute religieusement cette nouvelle leçon de vie que tu sembles vouloir me donner chaque jour sans en mesurer réellement la portée.

Je trouve très belle cette parole et te le dis. Je la note à présent dans mon smartphone avec celle d'hier.

— Nous ferons un livre que nous intitulerons *Les petites phrases de Rayan*, lui dis-je en riant.

— Clément, je ne peux plus donner du temps et pourtant, ici, je n'ai que ça. Mais toi, Clément ? Réfléchis bien à ce que je viens de te dire.

Je ne sais pas trop où tu veux m'emmener. Tu sais bien que j'ai toujours été là à chaque fois que tu en as eu besoin.

Je m'approprie ta réflexion. Je la prends comme une invitation à cultiver des moments de qualité et à semer des graines de compassion qui deviendront des arbres solides au-dessous desquels tout le monde pourra s'abriter.

Ton questionnement quotidien m'enrichit autant qu'il me perturbe. Pourquoi y tiens-tu autant ? Je repars chaque jour avec un précepte qui ressemble à un héritage ou à un appel à l'action.

5

Mesure ta réussite dans l'impact que ta vie a sur celles des autres.

Samedi 28 janvier 2023

La fin de semaine approche. J'ai l'impression d'être là depuis une éternité. Je me rends comme chaque jour à l'hôpital pour exercer mon devoir d'ami : être là pour te réconforter. Un devoir qui n'est pas contraignant. Je veux être là parce que c'est ma promesse d'être toujours là pour toi. Malgré la situation, j'ai plutôt l'impression que c'est toi, Rayan, qui me réconforte. Toi, mon frêle ami que la maladie attaque de front, tu me donne chaque jour une leçon de vie et un formidable espoir en elle. C'est le monde à l'envers mais ça te caractérise si bien.

J'ai hâte de me retrouver avec toi dans la chambre pour poursuivre nos discussions sur rien et sur tout, sur le futile et l'essentiel.

Avant de pénétrer dans la chambre, je demande à voir le médecin. L'aide-soignante de la veille me conduit à son bureau. Le médecin, une femme d'une cinquantaine d'années, est le stéréotype même de l'image que l'on se fait d'une cheffe de service : air grave, blouse blanche, stéthoscope autour du cou et Bic quatre couleurs dans la poche.

Le bureau, désordonné, est enfoui sous des dossiers et des formulaires administratifs. Des cœurs en plastique généreusement offerts par les laboratoires pharmaceutiques servent de presse papier.

Au mur, une photo un peu jaunie est encadrée. Une brillante jeune femme diplômée, coiffée d'une toge, sourit à l'objectif. Elle est entourée d'un homme et d'une femme, sans doute ses parents dont le sourire témoigne d'une grande fierté. Les dessins de l'anatomie de cœurs malades punaisés à côté assombrissent l'humanisme porté par la photo.

— Bonjour, Docteur, je suis un ami de Rayan Bondue. Comment va-t-il ?

— Le médecin me fait signe de m'asseoir.

— Votre ami a eu un infarctus qui provoque des troubles du rythme cardiaque et de fortes douleurs thoraciques. Nous tentons de soigner la nécrose myocardique. Pour faire simple, une partie du cœur ne fonctionne plus. Ceci explique les essoufflements au moindre effort et le fait que nous devions le placer sous assistance ventriculaire.

Je ne comprends pas vraiment le vocabulaire médical mais il ne faut pas être interne pour deviner aisément que la situation est grave. Mon ami ne pourra sans doute pas s'en sortir ni aussi vite que je ne l'espère ni dans l'état de jeune homme sportif dans lequel je l'avais trouvé lors de notre dernière rencontre.

— Et… quelles sont les perspectives, Docteur ?

— Je ne vous cache pas qu'à défaut d'une transplantation cardiaque, son état ne pourra s'améliorer. Quand je dis cela, vous comprenez que nous ne pourrons plus rien.

— Mais… un cœur, ça se trouve rapidement ?

— On est là tributaire des décès. Encore faut-il que le défunt soit donneur et que le cœur soit viable. À moins de pousser quelqu'un dans les escaliers, je n'ai pas de solution. Ce qui est certain, c'est qu'il ne pourra pas attendre la greffe bien longtemps.

La médecin me fait comprendre poliment que je dois la laisser par un « je vous souhaite bon courage ».

Il me paraît difficile de te voir après de telles nouvelles, Rayan. Comment arriver dans ta chambre comme si tu n'avais qu'une vilaine appendicite ? Je ne peux arriver dans la chambre comme un diable à ressort sortirait de sa boîte. Je sais que tes jours sont comptés et je ne connais personne à pousser dans les escaliers. Les seules personnes que je rêve de pousser dans les escaliers sont de mauvaises personnes. Il est évident que leur cœur est mauvais et qu'il ne trouverait pas place en toi. J'ai hâte de te retrouver à nouveau. Te perdre est une idée aussi insupportable qu'improbable parce que nous aspirons à l'éternité et que nos âmes abritent l'infini.

Voici quelques jours que tu es enfermé dans cette chambre impersonnelle et dépourvue d'humanité. On se sent toujours seul dans une chambre d'hôpital. Je sais que c'est difficile pour toi d'être condamné au repos, toi qui ne t'arrêtes jamais de travailler, hormis pour faire un foot.

— Hey, Rayan, me voilà ! Je suis content de te voir.

— Salut, Clément, moi aussi. Comme toujours.

Notre amitié est aussi étonnante que belle. Tout nous oppose. Tu avais bouleversé le cours de ma vie. Avec ton optimisme et ta conception de notre présence sur terre, tu m'avais appris à penser autrement, à m'ouvrir sur d'autres horizons et à me sortir d'une case trop petite dans laquelle je m'étais enfermé. Tu m'es bien plus indispensable que je le suis pour toi. J'essayais tant bien que mal de compter.

Aujourd'hui n'est pas un bon jour. Inutile de me dire que tu as mal dormi. Les traits de ton visage habituellement doux affichent un caractère rugueux et mélancolique. Tu es avachi dans ton lit, à peine redressé par les minces oreillers.

— Je voudrais m'asseoir près de la fenêtre, s'il te plaît, Clément. Veux-tu bien m'aider ? Je n'en peux plus d'être allongé.

Je m'exécute avec toutes les précautions d'usage de peur de te faire mal. Les draps retirés, je bascule avec lenteur tes jambes en dehors du lit. Je me penche vers toi pour que tu t'accroches à mon cou jusqu'à ce que nos poitrines ne fassent plus qu'une. Je parviens à te redresser et à glisser mes bras sous tes épaules. Ta frêle carrure est un avantage. Je suis un robot qui exécute des gestes bien précis, les uns après les autres. Je t'assois au bord du lit et de face, je te soulève pour te mettre debout, tu t'agrippes fermement à moi jusqu'à ce que tu te laisses tomber dans le fauteuil en poussant un soupir inquiétant.

Je vois bien que tu es de plus en plus faible. Tu es plus essoufflé que moi.

— As-tu lu le livre que je t'avais offert ? Tu sais, *Libérez votre cerveau* d'Aberkane ? me demande Rayan.

— Bien sûr ! Je pense que je devrais le relire. Des notions m'ont échappé. Je pourrais sans doute appliquer quelques judicieux conseils pour réussir quotidiennement.

— Tu n'y trouveras pas ce genre de conseils. D'ailleurs, c'est quoi réussir pour toi ?

Ton questionnement venait de commencer. Je sais dans ces moments-là que tu me challenges et mets ma réflexion à rude épreuve. Tu as toujours procédé de la sorte pour que je me bonifie. J'ai toujours été avide de ces conversations. Je crois que nous n'avons jamais parlé de la météo ensemble. Cela n'arrivera jamais.

— Réussir… laisse-moi réfléchir un instant. Euh… je dirais que c'est d'avoir vécu sans faire trop de mal, de laisser une terre meilleure que nous l'avons trouvé comme le dit lord Baden Powell dans son ultime discours ?

Tu regardes par la fenêtre en fronçant les sourcils. J'attends ton avis, comme un élève qui répond un peu au hasard à une question du professeur. J'ai comme toujours envie que tu me dises que c'est exactement ça. Mais je crois que même si tu es complètement d'accord, tu trouveras un détail à ajouter pour avoir le dernier mot. Il en est ainsi lorsque tu vérifies un de mes dossiers. Tu changes un mot ou deux et je te réponds toujours « ah oui, c'est vraiment mieux ». À la fois pour te faire plaisir et surtout parce que c'est vrai.

— Retiens ça, Clément : *Mesure ta réussite dans l'impact que ta vie a pour celles des autres.*

Dans le silence de la chambre, je te regarde et médite sur la parole du jour que je note dans mon smartphone après les autres règles de vie semées dans le sillon de la semaine.

— Hum… Quel impact ai-je eu jusqu'à présent ? J'essaie d'être aimable avec tout le monde. C'est pas grand-chose mais c'est important.

— OK, mais as-tu changé leur vie ? Là, tu n'as fait que rendre plus doux le quotidien. C'est important, mais tu dois viser plus haut que ça. Tu es appelé à faire beaucoup plus.

— J'espère avoir eu un impact dans ta vie… De la même façon que tu as changé fondamentalement la mienne.

— Mais oui, t'inquiète, copain. Je sais que je peux compter sur toi. Tu t'es toujours montré plus fort en amitié que moi. Ta présence ici est un véritable réconfort. Encore une fois, réfléchis à ton impact dans la vie des autres.

Voyant mon interrogation, tu m'expliques le fond de ta pensée. Nous réduisons trop souvent la réussite à des considérations telles que la possession matérielle ou le statut social. Cependant, une perspective plus profonde et significative émerge lorsque nous commençons à évaluer le succès à travers le prisme de l'impact positif que notre vie a sur celle de ceux qui nous entourent.

La véritable grandeur d'une personne ne se mesure pas à la valeur de son compte en banque mais à sa capacité à toucher les cœurs, les émotions et les esprits, à inspirer le changement et à allumer une étincelle d'espoir chez ceux qui nous entourent pour qu'enfin la vie rayonne comme un feu.

Impacter la vie d'autrui c'est transmettre un héritage pour les générations futures à la façon d'un jeu de domino. Chaque pièce tombe sur la suivante et transmet le mouvement. Héritage composé de bienveillance, d'écoute, d'empathie et d'amour.

Là se trouve le véritable bonheur. Notre épanouissement est conditionné à celui des autres. Nous sommes interdépendants et contribuons au bien-être collectif.

Mesurer notre réussite sous cet angle, c'est nous obliger à adopter une attitude plus altruiste. Cela nous pousse à tendre la main, à soutenir et à inspirer celui qui en a besoin. Enfin, nous grandissons en embrassant le potentiel infini de la bonté.

Faire le bilan de sa vie comme celui d'une entreprise est une approche égocentrique. Les relations sincères et désintéressées comme l'amitié permettent de vivre, en influençant ceux qui pourront à leur tour influencer et impacter la vie autour d'eux, nous contribuons à rendre le monde meilleur. Cette richesse est bien plus grande qu'une addition monétaire.

Je te rappelle une citation de Frédéric Lenoir que je venais de lire et qui m'avait interpellée. Je ne sais pas pourquoi. Voilà qui fait lien avec notre réflexion.

— Ce qui fait la valeur d'une vie n'est pas la quantité de choses que nous avons accomplies, mais la qualité de présence qu'on aura placée dans chacune de nos actions.

Tu me prends la main et la serres très fort avant de la porter sur ta poitrine, là où réside le mal. Une larme pointe aux extrémités de tes yeux en amande. C'est la première fois que tu me laisses apercevoir un signe de désespoir chez toi.

Je comprends alors que tu sais que la fin est proche. Cette fin ne te fait pas peur. Combien de fois m'as-tu répété que la vie ici-bas n'est qu'un passage en attente d'une vie bien plus grande ?

Les larmes sont peut-être juste le reflet de la tristesse de ne pas avoir réalisé toutes tes promesses. Il te manque du temps pour impacter encore plus de vies. Pas mal de temps même.

Nous ne nous parlons pas. Nous nous regardons dans les yeux. Un regard en dit long. Remplis par les émotions, nous sommes incapables de parler. Cela n'aurait servi à rien. Aucun mot n'est assez puissant pour verbaliser les émotions et l'amour que nous nous portons mutuellement.

Nous nous sourions et apprécions ce moment que nous vivons sans filtre et que nous ne pourrions vivre avec une autre personne.

— Tu sais, quand je sortirai, on fera tout ce qu'on s'est promis de faire. Je te le promets, cette fois on fera tout, me dis-tu pour briser le silence.

— Étrangement, nous ne parlons peu ou prou du passé. Alors que tout est incertain quant à l'avenir, nous en parlons sans cesse. Nous nous engageons à faire tout ce que nous nous étions promis et que nous n'avions jamais fait par manque de temps ou d'intérêt. C'est peut-être justement parce que nous ne pourrons rien réaliser que nous pouvons tout promettre. Les promesses sont des feux d'artifice magnifiques, éblouissants, bruyants, résonnant dans nos poitrines puis retombant s'éteindre au sol dans le plus grand silence pour être oubliés.

Assis près de la fenêtre, ta tête décline lentement. Nos causeries te fatiguent.

Je te laisse après t'avoir embrassé et promis de revenir demain.

Depuis le tramway, je repère la fenêtre de ta chambre et devine ta silhouette. J'ai de la peine ce soir en te quittant. Je me sens impuissant face à ce cœur qui nous joue un mauvais tour. Des dizaines de personnes montent et descendent. Des centaines de regards croisent le mien au travers de la fenêtre mais un seul reste ancré, le tien. Celui d'un ami affaibli, amaigri et las.

Je relis les règles de vie auxquelles tu m'invites à réfléchir chaque jour. Comme un ultime message, un trésor légué que je devrais poursuivre si je trouve la volonté et le courage sans toi. Je suis le dépositaire de tes préceptes qui dois les mettre en œuvre sans savoir quand et comment.

6

Le bonheur n'est jamais fonction d'éléments extérieurs, il se cache toujours en toi.

Dimanche 29 janvier 2023

À cette époque de l'année, l'hôtel se remplit la semaine, surtout par une clientèle professionnelle.

Le week-end, quelques touristes y séjournent. La région attire toute l'année. Le soleil et le climat méditerranéen y sont pour beaucoup. À moins de 4 heures de Paris par le train, la ville offre toute l'année des expositions et des flâneries au bord de la mer jalonnée de paillotes.

Joël, le patron, n'ose pas me demander comment tu vas. Il sait à mon regard et à ma posture que les nouvelles ne sont pas bonnes. Nous prenons un café ensemble et il me demande quand je vais enfin me décider à venir m'installer ici. Depuis le temps que je viens, c'est un peu ma deuxième maison.

C'est vrai que l'amitié à distance est difficile. Quand on est loin, on ne se voit pas. La séparation atténue l'intensité amicale. Les moyens modernes de communication ne remplacent pas la proximité et les embrassades. Les liens se distendent et les échanges se font de plus en plus rares au point de ne plus avoir de complicité. Notre amitié souffre de confidences, de verres à trinquer et de fous rires.

Quand nous nous retrouvons, c'est toujours un bon moment ou l'amitié rejaillit et nous rappelle à quel point nous sommes proches. Quelles que soient les circonstances. Ma présence ici nous le confirme.

La piscine en terrasse est vidée et les parasols sont rangés pour la saison. Les salons de jardin en osier n'accueillent plus personne à part moi, qui aime trouver le calme, le repos et la douceur du soleil hivernal le matin qu'on appelle ici la fraîcheur avant de me rendre à ton chevet l'après-midi. Joël me prend pour un fou.

— Il n'y a que toi pour ne pas avoir froid ! me dit-il en me raillant avec son accent.

— Le soleil et la chaleur sont dans mon cœur, Joël !

Ce soir, il a demandé au chef de mettre un plat typique de chez moi. Des haricots de Soissons !

— Tu sais que depuis que tu m'en as apporté, c'est un plat qui est au menu. Ici, les gens ne connaissent pas.

Près d'un laurier, le regard tourné vers le ciel bleu, je me demande comment tu parviens à garder le moral.

Les règles de vie s'assemblent petit à petit comme un puzzle. Je ne distingue pas encore le tableau assemblé de toutes ses pièces. Il en manque mais j'en perçois les contours au fil des journées. Je comprends que tu me lances un appel à l'action. Je me prépare à quitter mon hôtel pour aller à l'hôpital.

Tu portes sur ton visage le poids des jours qui passent. La fatigue te pèse. Respirer est un fardeau. Tu dissimules pourtant aujourd'hui très bien ton état de souffrance avec un franc sourire et un regard pétillant.

— Tu es toujours fidèle au poste, Clément ! Je ne mérite vraiment pas un ami comme toi.

— Tais-toi donc ! C'est moi qui ne te mérite pas.

— Dans ce cas, profite, car je sens que mon état se dégrade. On parle d'une transplantation de cœur.

— Sais-tu si un cœur est disponible ?

— Rien pour le moment… et je ne le souhaite pas. Cela voudrait dire qu'une personne est décédée. Je ne souhaite de mal à personne.

— Toujours fidèle à toi-même, Rayan !

Je m'allonge sur le lit à ta droite. Je glisse le bras derrière ton cou et pose ma main gauche sur ton épaule. De l'autre main, je tente tant bien que mal de tenir mon smartphone pour immortaliser notre échange par un selfie. Nous sommes bien sur cette photo qui est peut-être la dernière. Surtout toi. Tu ne montres que de la joie quand moi, je peine à cacher mon désarroi.

Nous nous rappelons immédiatement l'une de nos premières photos. Celle faite le jour du palindrome. Le deux février deux mille vingt. Ce soir-là, après quelques Triples Carmélites, nous nous étions promis beaucoup de choses dont, entre autres, que nous travaillerions ensemble dans un futur proche.

Je me souviens très bien de cette soirée. Tous les détails me reviennent. C'est sans doute le seul souvenir du passé que je conserve en moi.

— Te souviens-tu, Rayan, comme nous étions heureux à cette époque ? Nous étions vraiment proches à cette époque.

— C'est vrai mais demande-toi pourquoi, Clément…

— Parce que nous avions bu de la bière belge ? Parce que nous étions ensemble ?

— Mais non, ne raconte pas de bêtises. *Le bonheur n'est jamais fonction d'éléments extérieurs, il se cache toujours en toi.* Ne l'oublie pas, Clément. Il est à portée de main, juste sous tes yeux.

C'était devenu un rituel. Tous les jours une règle de vie au moment où je m'y attends le moins. Une règle m'invitant à grandir. Chaque jour, une nouvelle pièce du puzzle est donnée et dessine peu à peu le tableau de la vie. Tel le chien de Pavlov, j'attends chaque jour ma récompense.

Le bonheur n'est jamais fonction d'éléments extérieurs, il se cache toujours en toi… Tes paroles et ta voix fragile résonnent en moi et m'invitent à réfléchir sur mon propre bonheur. Le sujet est difficile pour moi, car il m'est inconnu en fait. Juste quelques bribes de bonheur par-ci par-là. Alors, tu m'aides à entamer mon introspection.

— Trop souvent nous cherchons le bonheur à l'extérieur de nous-mêmes. Pire, on attend des autres une reconnaissance, on attend de la possession matérielle un juste retour des choses au regard des efforts fournis au travail pour se procurer des crocodiles qui regorgent de nos armoires et des premiums allemandes de nos garages. On attend une rencontre, un mot, une circonstance mais finalement, on est passif dans le bonheur et actif dans l'insatisfaction de la vie. On reste sur le quai quand d'autres grimpent dans le train du bonheur. Tu comprends ?

Je comprends très bien. Tu m'as tellement répété ça pour que je prenne mon destin en main. Tu avais finalement cessé, las de me voir assis sur le quai en disant que je prendrai le prochain train.

Tu me rappelles, avec ton infinie sagesse, que le bonheur demeure au plus profond de nous et qu'il dépend de notre perception et de l'appréciation que nous faisons de chaque instant de notre existence.

Le bonheur se cultive dans notre capacité à apprécier les petites choses de la vie dont on ne remarque plus l'existence et qui pourtant comptent beaucoup. Les mettre en accord avec nos aspirations et nos valeurs donne accès à un moment de plénitude. C'est lorsque l'on apprécie les petites choses de la vie, en se connectant profondément avec le moment présent qu'on découvre la vraie source du bonheur. Il se trouve dans les sourires échangés, les rires partagés, les attentions pleines de gentillesse et de compassion. Se satisfaire de ce que nous avons. Un peu comme la philosophie de vie des Scandinaves, le Lagom : ni trop ni trop peu, juste ce qu'il faut.

— Quand tu comprendras enfin que tu es l'artisan de ton bonheur, que tu ne seras plus prisonnier des autres qui ne te donneront peut-être jamais le bonheur que tu attends, alors tu seras sur le bon chemin.

— Merci, mon ami, pour ces sages paroles. Je reconnais que la route est longue. Je boite un peu sur ce chemin.

— Il vaut mieux boiter sur le bon chemin que courir sur le mauvais, Clément.

À ton habitude, tu me guides dans un voyage vers le bonheur et la connaissance de moi. La quête du bonheur n'est pas un voyage vers l'extérieur mais vers l'intérieur, une exploration de mon moi profond. Je comprends que le bonheur n'est pas la destination du voyage mais un état d'esprit à cultiver chaque jour. Il y a aura des jours plus compliqués que d'autres, mais il ne faut jamais rien lâcher.

— Tu verras, si tu as cette étincelle, tu brilleras par ton bonheur. En te connectant à tes valeurs, à qui tu es, tu découvriras le bonheur en toi. Il est toujours présent, en quantité illimitée, même quand la vie te semble difficile.

— Je me demande d'où tu tiens cet état d'esprit. Tu m'impressionnes encore.

— C'est de la famille. Tu sais, parfois au Maroc, on vit avec peu. Les gens ne savent pas si demain ils auront du travail ou à manger. Et pourtant, ils sont heureux et généreux. Nous, on râle quand le livreur de pizza est en retard de 5 minutes. Je te présenterai ma famille au Maroc.

— Tu me l'as déjà promis…

— Ah oui, ça aussi ?

Auprès de mon ami mourant, je m'engage une nouvelle fois à rechercher le bonheur en moi. Plus tard. Là, je veux juste profiter des instants que tu me donnes et qui me suffisent pour être heureux.

Alors que les Montpelliérains rentrent des centres commerciaux ou se dirigent dans le centre de la ville animée, je monte dans le taxi qui m'attend pour rentrer à l'hôtel.

Je propose au chauffeur de taxi de passer par le centre-ville pour me changer les idées et me faire découvrir cette ville que je ne connais finalement pas et dans laquelle je ne reviendrai sans doute jamais.

Avec sa connaissance experte des quartiers de Montpellier, je découvre un dédale de rues pavées et étroites qui m'était jusqu'à présent inconnu. Les ruelles étroites accueillent des boutiques en tout genre et des cafés aux conversations animées.

Le taxi traverse la place de la Comédie au centre de laquelle se trouve une fontaine que je ne connaissais qu'au travers de photos sur les réseaux sociaux. On entend de la musique, des rires et des cris. Une ambiance méditerranéenne enveloppe la place.

Des immeubles anciens à la pierre blanche, aux volets colorés et à la tuile rose côtoient des immeubles d'architecture moderne aux façades vitrées dans lesquelles les rayons du soleil qui se réfléchissent éblouissent les passants.

Nous arrivons à l'hôtel. En descendant de la 508 noire, les effluves alléchants du restaurant me titillent les narines. Je devine les haricots de Soissons cuisinés à la méridionale, façon cassoulet. Cette fois, le bonheur sera effectivement sous mon nez.

7

Si tu subis les mêmes évènements en boucle, c'est que tu as omis d'opérer un changement important en toi.

Lundi 30 janvier 2023

Un air de tranquillité flotte sur la ville. Il y a moins de circulation et les tramways se font plus rares. Mon pas est également plus lent.

Dans le hall de l'hôtel, Joël s'affaire à organiser le planning de la semaine. Le tableau en bois où sont accrochées les clefs est presque complet. Signe que la saison est calme. Je suis presque le seul dans l'établissement.

— Ah, Clément ! Comment va mon ami ? crie-t-il avec son accent caractéristique de Montpellier.

— Ça va bien ! Je vais rester ici encore quelques jours. Il me faudra bien revenir chez moi un jour. Le travail m'attend.

Ma chambre est devenue une annexe du cabinet. J'ai débarrassé le bureau de la télé, de la lampe et des prospectus touristiques. Déplacé devant la fenêtre, la lumière naturelle me donne un peu plus d'énergie. Je suis descendu voir à quoi ressemble le ciel bleu, me dit-on assez souvent ! Il manque mon fauteuil en cuir et les dossiers mais mon pc suffit amplement pour traiter les affaires courantes et les visioconférences avec les clients. Heureusement qu'aucune plaidoirie n'était prévue ces derniers jours.

— Tu retournes encore à l'hôpital aujourd'hui ?

— Oui, bien sûr. Ça ne sert pas à grand-chose mais je pense que ça fait plaisir à Rayan de me voir. Et moi, je suis toujours bien content de le voir et de discuter. C'est ma façon de lui témoigner mon amitié.

— Je dois sortir, je peux te déposer si tu veux.

J'accepte volontiers la proposition. C'est vrai que je commence à connaître par cœur le trajet du tramway et l'ensemble de la gamme des berlines. Je me suis même amusé à faire un classement en fonction du raffinement, du confort et de l'accessibilité.

J'attends Joël auprès de sa voiture quand il arrive avec une assiette remplie de viennoiseries et de gâteaux et me charge de te les remettre. Délicate attention de cet homme au grand cœur. Nous étions souvent venus manger dans son restaurant. Les habitudes des uns et des autres étaient bien connues.

Dans la voiture, nous discutons de tout et surtout de rien. Je suis trop préoccupé par ton état de santé pour suivre assidûment la conversation. Il faut peu de temps pour traverser la ville. C'est l'avantage du dimanche. Le seul que je lui trouve. C'est un jour triste le dimanche. C'est bien pour les gens qui ont de la famille ou des amis. Je passe généralement mon temps à travailler. Chez moi, je m'autorise à travailler en pied de chaussettes pour faire la différence avec la semaine. Je déambule à la fraîche dans les rues de la vieille ville. Voilà des années que ça dure. J'ai le sentiment que la routine a pris le dessus sur moi, que l'histoire se répète.

Pour une fois, il y a un peu de monde dans l'hôpital. C'est un jour plus chargé en visites. Le personnel soignant me reconnaît maintenant. Ils ont l'habitude de me voir tous les jours.

La porte de la chambre est ouverte. La chambre est vide. Il y a bien tes quelques affaires, les magazines que je t'ai apportés, le paquet de gaufres qui lui aussi est vide.

Le calme de la chambre m'angoisse. Je pense au pire. L'éternel angoissé que je suis ne peut contrôler son rythme cardiaque.

Toutes mes angoisses disparaissent lorsque je te vois arriver dans la chambre.

— Tu m'as fait peur !

— J'ai fait quelques pas dans le couloir. Je n'en peux plus d'être l'esclave de mon lit et puis arrête d'avoir peur dès que je ne suis pas là. Tu te débrouilles toujours très bien. Aie confiance en toi Clément ! me dis-tu d'un ton énervé que seul l'épuisement estompe.

J'étais à présent rassuré. Tu n'avais pas perdu ton esprit et ta farouche volonté de me tirer toujours vers le haut.

Nous dégustons quelques gâteaux ensemble. Je te parle des affaires, des dossiers que j'ai repris. Je note soigneusement tes consignes pour chaque dossier, les choses à faire, la stratégie à adopter. C'est incroyable comme tu n'as rien perdu de ta vivacité d'esprit. Toujours combatif et visionnaire.

Je vois que tu fatigues alors, je m'empresse de te faire écouter une musique découverte la veille au soir. Je sors mon smartphone, me connecte sur You Tube et lance ma trouvaille.

— Tu vas voir, je l'écoute en boucle depuis hier !

Tu reconnais le titre dès la quatrième note. Mais comment fais-tu ! Je n'arrive jamais à te surprendre. C'est parfois agaçant, crois-moi !

— Ah oui, je connais ! C'est « Strasbourg Saint-Denis ». J'aime bien ce que fait Roy Hargrove. Cet enregistrement s'écoute comme la marée, l'océan déferlant, la navigation fluide – le tout en un seul morceau. Incroyable.

— Euh… oui. Je n'aurais pas dit mieux.

C'est encore avec mon commentaire footballistique que je m'en sors avec le dernier mot ! Nous laissons la musique nous apporter un peu de gaîté. Une playlist que nous connaissons par cœur. Elle nous accompagne à chaque fois que nous passons des soirées ensemble.

Les souvenirs de nos conversations, des repas et de nos sorties reviennent à chaque nouveau morceau. L'appareil cardiovasculaire chargé de surveiller l'état de fonctionnement de ton cœur en guise de métronome change la chambre en salle de concert. On imagine l'ambiance feutrée d'un piano-bar, les fauteuils en velours pourpre, un verre à la main.

Nous avons hâte de reprendre la vie d'avant même si l'avenir semble très incertain.

Je te témoigne une nouvelle fois mon admiration. Ton positivisme et ta combativité ont raison de tout.

— Tu ne cesseras de m'impressionner par la grandeur de ta culture et comme pour tout ce que tu entreprends.

J'avoue honteusement avec jalousie et tristesse que je ne peux rivaliser avec toi.

— Clément, la vie est un flux constant d'évènements, de rencontres et de circonstances qui nous mettent au défi. C'est ça qui nous fait grandir. Tu peux penser que tu es dans une boucle infernale comme un piège et qui t'enferme à chaque fois de façon répétitive. Mais il ne tient qu'à toi d'en sortir.

— Je vois où tu veux en venir. Ça aussi, tu me l'as souvent répété… Jamais réellement réussi à me sortir de cette boucle.

— Tu as la capacité d'opérer de grands changements. Si tu subis toujours les mêmes situations, c'est que tu agis toujours de la même façon. En changeant ta façon de faire, tu obtiendras des résultats différents.

Encore aujourd'hui, j'écoute avec attention tes conseils. Je veux m'en imprégner de façon à traduire par des actes tout ce que tu me dis.

Tu poursuis ton enseignement comme un vieux sage.

— Cela veut dire que tu resteras toi-même, pas question de te changer mais tu dois t'ouvrir à d'autres perspectives, regarder ce que tu subis avec le prisme du courage et de la lucidité pour faire face aux défis qui se dressent devant toi. Cesse de te laisser charmer par la facilité de penser que tout est contre toi, que tu ne peux pas réussir, que c'est ainsi et que c'est l'histoire de ta vie.

— Je rêve ou je me fais engueuler ?

— Clément, je t'en supplie, abandonne tes croyances limitantes, sors de ta zone de confort, explore de nouvelle façon de faire. Tu vas parfois trouver ça difficile et inconfortable mais tu te relèveras, comme tu l'as fait à chaque fois avec courage. Ça ne va pas se faire en un claquement de doigts, mais petit à petit, tu vas changer ton état d'esprit. Apprends de tes échecs, savoure tes réussites. La vie est une opportunité pour te révéler et vivre la vie que tu rêves au lieu de la subir.

Je ne sais quoi répondre. J'acquiesce calmement en évitant de baisser le regard. J'ai le sentiment d'être un enfant à qui ont fait la morale mais je le prends bien. Je connais ta bienveillance, je sais que tu dis tout cela depuis des années pour mon bien et mon épanouissement.

— Enfin, dernière chose, Clément, si tu crois que les situations se répètent en boucle, prend un instant pour réfléchir à ce que tu veux faire différemment. Quels changements peux-tu opérer en toi pour changer radicalement le cours de ta vie ? Ne crains pas le changement si c'est toi qui le provoques. Embrasse-le, avance comme l'on navigue, ne lutte pas contre le courant et le vent, utilise-les à bon escient !

— Merci encore pour ces mots, Rayan. Ça semble si simple.

— J'ai l'impression que tu t'en fous.

— Ne crois pas ça. Je m'en imprègne, j'essaie de mettre en pratique mais ce n'est pas si simple. Pour toi, les choses sont si évidentes.

— Tu me désespères, Clément.

La clarté hivernale illumine la pièce et baigne notre conversation dans une espèce de sermon appelant à changer mon état d'esprit et ma façon d'agir face aux évènements. Seul avec toi et la maladie, je sais me montrer fort, disponible et ouvert.

Le temps est passé si vite. Il nous échappe une fois encore. Notre accolade amicale marque la fin du moment passé tous les deux.

Je décide de marcher jusqu'à ce que je sois fatigué. Je prendrai ensuite le tramway. La marche me permet d'évacuer les mauvaises pensées et de réfléchir à ce que tu m'as dit avec plus ou moins d'agacement. Tu as raison, comme toujours. Je veux que tu sois fier de moi. Un grand changement va arriver.

8

Vis chaque jour comme s'il s'agissait du dernier et ne manque jamais une occasion d'exprimer de l'amour, par les mots et les actions.

Mardi 31 janvier 2023

Notre assistante s'excite. Elle croule sous les demandes et les relances des clients. Je la rassure faussement en lui promettant de revenir mercredi. D'ici là, elle m'enverra les demandes particulières. Je les traiterai le soir et la nuit mais rien ne pourra m'empêcher d'être là auprès de toi qui en as le plus besoin. Au fond, c'est peut-être moi qui en ai le plus besoin.

Tes paroles et tes conseils me font tant de bien. Il faudra que je les applique. Un jour, c'est certain.

Tu es immobile dans ton lit, les yeux fermés. On dirait un pantin désarticulé déposé, les fils reliés aux machines d'assistance respiratoire. Je prends ta main et sa chaleur me rassure. Ton souffle est court et presque inaudible.

Je te parle et tu ouvres les yeux. Il te faut quelques longues minutes pour retrouver tes esprits. C'est la première fois que je vois ton esprit déconnecté, embué et languide. Tu balbuties des mots que ta voix frêle peine à faire parvenir à mes oreilles. Las, tu abandonnes la conversation. Doucement, je te relève la poitrine et cale un oreiller dans le dos. Je t'aide à boire un verre d'eau, gorgée par gorgée.

Dehors, le ciel pleure. J'ai la sensation que les mauvais jours touchent à leur fin. Je te laisse te réveiller et prends congé, prétextant devoir appeler le cabinet.

Je suis bouleversé. Je demande à rencontrer la médecin qui me reçoit dans son bureau. Un peu plus de papiers que la dernière fois mais aussi un peu plus de chaleur dans ses explications. Elle prend le temps de m'expliquer, sans détour mais avec les mots justes que ton cœur ne tiendra plus très longtemps. C'est même un miracle que tu sois encore de ce monde. Tu fatigues de plus en plus. Une transplantation avait été envisagée hier. Hélas, le donneur n'était pas compatible avec toi. Le seul espoir réside dans une nouvelle transplantation. Les miracles existent et c'est d'ailleurs *quand tout se dérobe qu'il faut y croire le plus,* m'aurais-tu rappelé. Tu vois, j'écoute ce que tu me dis.

Le médecin n'a pas beaucoup plus à me dire. C'est simple. Cruel. Effrayant.

Je suis là, sans pouvoir agir. Je culpabilise. Je m'en veux de ne pas pouvoir faire plus qu'il ne m'est possible de faire.

Avant de revenir, je dois retrouver ma lucidité et évacuer les émotions qui m'envahissent. Elles pourraient t'inquiéter inutilement. Je mets un point d'honneur à te donner la meilleure version de moi-même.

Je sors respirer quelques bouffées d'air frais et de nicotine. Quelques moineaux piaillent dans le parterre de fleurs encore endormies à cette saison. Ils se chamaillent pour dévorer les restes d'un sandwich tombé à terre. Leurs cris et leurs cabrioles me rappellent que la vie continue. Nous ne sommes que de passage sur terre. Y a-t-il une vie après ? Quand tout sera fini, nous retrouverons-nous ?

Je ne sais pourquoi, mais les seuls mots qui me viennent à l'esprit sont ceux de Montaigne lorsqu'il perdit son ami La Boétie. La mort de ce dernier avait entraîné chez Montaigne une profonde détresse dans laquelle je me retrouvais : « Depuis le jour que je le perdis [...], je ne fais que traîner, languissant ». Il gardait en mémoire la dignité de son ami face à la mort, pendant les trois jours de son agonie. Montaigne et La Boétie, Clément et Rayan.

Tu es réveillé. Ton visage affiche la sérénité d'un enfant à son réveil. Tu parles enfin correctement et nous pouvons comme tous les jours discuter, profiter des joies que seule ton amitié sait me procurer.

— Je vais devoir retourner à Lille. J'ai l'audience pour ton client mercredi après-midi. Je profiterai du voyage pour me préparer mais je connais bien le dossier. Ne t'inquiète pas.

— Je ne suis pas inquiet. Je sais que tu me remplaceras très bien. Tu fais toujours très bien les choses.

— Je vais en profiter pour rencontrer quelques clients, faire un état des lieux de chaque dossier en cours et je reviendrai après.

— Je ne mérite pas un ami comme toi, Clément. Merci pour tout ce que tu fais pour moi.

— Je ne fais que mon devoir et c'est avec plaisir, mais merci !

— Tu sembles connaître l'issue de ta vie. Comme une évidence mais tu n'en as pas peur et tu ne laisses rien transparaître pour ne pas m'inquiéter.

— Je ne t'ai jamais assez dit merci pour toute ton amitié et tout ce que tu m'as apporté. Après tout ce que nous nous sommes dit cette semaine, j'ajouterai une chose : *Vis chaque jour comme s'il s'agissait du dernier et ne manque jamais une occasion d'exprimer de l'amour, par les mots et les actions.*

Je ne veux pas supposer que c'est la dernière chose que tu me dis. Tout, sauf ça. Je te réponds que je m'efforce de le faire, même si nos métiers nous imposent parfois des discours forts et des attitudes incisives. Après tout, les armées font la guerre pour défendre la paix.

Tu étayes tes propos en m'expliquant que la vie est précieuse. C'est à l'aube de celle-ci qu'on perçoit la valeur. Chaque jour qui passe doit être considéré comme un cadeau et une chance qui peut-être ne se renouvellera pas.

— Tu dois vivre pleinement, Clément. Intensément et embrasser chaque instant avec gratitude. Que chaque journée soit utile aux autres.

— Tes mots ont toujours un pouvoir magique sur moi. Ils me font grandir, m'inspirent, me réconfortent et me rendent meilleur.

— Alors, ne manque jamais une occasion de dire à ceux que tu apprécies que tu les aimes. Exprime ta gratitude, ta reconnaissance. Ça fait toujours beaucoup de bien. N'oublie pas de joindre les actions à la parole également. Fais aux autres ce que tu fais avec moi. Prends le temps de te soucier de tes proches, de leur apporter une écoute attentive.

— Penses-tu que je le fais insuffisamment ?

— Pas avec moi, mais avec les autres, tu te montres plus réservé. J'aimerais que tout le monde te connaisse comme je te connais. Montre la personne que tu es réellement. Cela va passer inévitablement par une chose que tu as oublié de faire : t'aimer toi-même. Prends soin de ton physique, de ton mental, et écoute tes émotions. Tu pourras ainsi rayonner et envoyer aux autres l'amour que tu sais si bien donner avec moi.

— Je me demande si tu n'es pas l'envoyé de Dieu sur terre ! Aujourd'hui, la mission est compliquée. Tu sais que je fais toujours passer les autres avant moi !

— Alors, Clément, change tout de suite. Ne remets pas à plus tard. Ne laisse pas en suspens tes actes et tes paroles d'amour et d'amitié. Tu as le pouvoir de faire une différence dans la vie des autres.

— Oui, c'est à ça que je peux mesurer la qualité et la réussite de ma vie…

Tes conseils prennent sens chaque jour. Je peux à présent faire le lien entre chaque règle de vie. Tout est lié et elles ne font qu'une.

Tu me fais prendre conscience à chaque fois de mes manquements et de mes insuffisances avec bienveillance. Je n'oublierai aucune de tes paroles. Ce sont des preuves d'amitié gravées dans mon cœur.

Tu luttes pour ne pas fermer les yeux. Ce nouveau moment passé ensemble est comme une parenthèse dans les heures difficiles que nous rencontrons. Nous les vivons ensemble. Nous les affrontons ensemble. Nous gagnerons ensemble, je t'en fais la promesse. Tu as encore tant de choses à vivre !

Je remonte le drap, repositionne l'oreiller et t'embrasse sur le front avant de prendre congé. Je me retourne en sortant de ta chambre. Tu dors déjà. J'ai la gorge nouée, les yeux lézardés par des fibrilles rouges. Mes lèvres tressaillent pour étouffer un sanglot. Un nouveau chapitre d'amitié commence.

9

À la question : à quoi bon vivre ? Réponds toujours : parce que je suis.

Mercredi 1er février 2023

Un avion décolle de l'aéroport non loin de l'hôtel avec un grand fracas et laisse derrière lui les traces blanches de la condensation, déchirant le ciel comme une feuille de papier.

Je me demande toujours où les gens peuvent bien aller. De Montpellier, il est possible d'aller vers le Maghreb et vers les plus grandes capitales d'Europe.

Et si je mettais en application ce que tu me demandes de faire, à savoir vivre comme si c'était mon dernier jour. Je prendrai un avion pour nulle part ou plutôt pour Stockholm. Je t'avais raconté il y a quelques années mon voyage en Scandinavie. Tu m'avais proposé d'y aller l'été suivant. Tu étais enthousiasmé par mes descriptions de paysages sauvages et paisibles au bord de la Baltique ou d'un lac niché au milieu de la forêt de bouleaux et de pins.

Tu avais envie de visiter ces villes colorées de rouge, bleu ou jaune qui dans la fraîcheur scandinave et le ciel dégagé d'hiver lui donnent un air florentin. Ces petites rues animées convergent vers de grandes places où les habitants se retrouvent pour le marché dominical, le marché de Noël ou encore pour fêter Midsummer avec l'embrasement d'un grand feu de joie pour célébrer la lumière des longs jours d'été et se protéger des mauvais esprits.

Nous dégusterions dans un restaurant chic et cossu les meilleurs saumons sous toutes ses formes. En gravlax à la betterave, fumé à chaud ou à froid avec la sauce à l'aneth ou encore, cru en tartare.

Je reste, hélas, les deux pieds sur terre laissant partir les occasions de vivre. La solitude est une dictature. Elle m'enchaîne au présent, m'empêche de réaliser mes rêves ou plus simplement les choses simples de la vie qui sont à portée de la main. Je sais que sans toi, je ne ferai rien. Enfin, ce n'est pas le moment de partir. Je ne te laisserai pas seul dans la difficulté et certainement pas dans tes derniers jours.

L'avion est loin à présent. Je baisse le regard, je reviens à la réalité et je reprends la marche jusqu'à la station de tramway. Je songe à toutes les phrases prononcées cette semaine. Je réalise peu à peu leur puissance et leur appel à l'action.

Ta chambre est inondée par la clarté du soleil du mois de février. Seule la télévision apporte un semblant d'animation. Tu l'arrêtes dès mon arrivée en grommelant qu'il n'y a que des conneries.

— Tu sais, je crois que c'est fini, me dis-tu.

— Quoi donc ?

— Tu sais bien. J'ai demandé au docteur d'être franche et directe avec moi quand je lui ai demandé des nouvelles de ma santé.

Les trémolos dans nos voix nous empêchèrent de poursuivre. Je t'ai regardé dans les yeux et je t'ai serré la main fortement.

Il n'y avait pas de mensonges entre nous. La réalité est là, implacable et terrible, avançant à petits pas.

— Je ne peux poursuivre ma route sans toi, Rayan. J'ai besoin de toi.

— Mais si, tu peux. Prends confiance en toi, c'est tout.

— À quoi bon vivre, Rayan ?

— Parce que tu es.

— Hein ? Parce que je suis ?

— Oui, parce que tu es un être unique et formidable. Tu as la capacité d'impacter des vies et par conséquent de changer le monde. La vie est un voyage rempli d'expériences, de possibilités de croissance et d'épanouissement. Parfois ces expériences te feront du bien, parfois du mal, mais à chaque fois tu en apprendras.

— Comme ce que tu m'as déjà dit ces derniers jours.

— En substance, oui. Tu es ici pour aimer et être aimé. Tu peux apporter de l'amour et du bien-être à ceux que tu rencontreras. Tu le fais fort bien avec moi. Fais ce que tu sais faire de mieux avec les autres, ouvre-toi, aime-toi et tu verras comme ta vie va changer et qu'elle mérite d'être vécue. Tu as des valeurs, une histoire personnelle, des rêves, des blessures. Cela fait de toi un être unique. En prenant acte de ce que tu es, tu peux donner un sens à ta vie, être heureux et plein de gratitude envers elle. Je connais ton empathie et ta générosité. En donnant tout cela, tu vas transmettre un héritage aux générations futures : toi ! La quête du sens de la vie mérite que tu te poses des questions profondes pour trouver ce qui résonne en toi, Clément.

— Je vois, toutes tes pensées de cette semaine se rejoignent.

— Alors, *à quoi bon vivre, me demandes-tu ? Parce que tu es* unique, je peux en témoigner. Trouve ton inspiration, ce qui te fait vibrer, embrasse la beauté de la vie et fait en sorte que chaque jour compte pour toi et les autres.

C'est exact, ma quête du bonheur ne me mènera nulle part. Quand on parle de bonheur, la représentation collective voit toujours les mêmes images. Celle d'une grande maison, d'un beau mariage, des enfants, une réussite professionnelle, un chien sur le perron et une belle voiture. Mais le bonheur se trouve ailleurs. On passe notre vie à courir après cette illusion du bonheur en pensant que c'est le bonheur absolu. Quelque temps après, on court après autre chose après parce qu'on pense que ce n'est pas assez. On se sépare, on change de voiture, on se partage l'argenterie et les enfants. On oublie trop souvent de se poser les bonnes questions : qu'est-ce qui me fait vibrer ? À quel moment de ma vie ai-je été le plus heureux ? De quoi ai-je besoin ? Des questions essentielles pour identifier notre source d'épanouissement et non une course à la reconnaissance ou au besoin de faire comme tout le monde. À force de vouloir être heureux et de chercher le bonheur partout, on s'en éloigne. Tu m'ouvres les yeux en me disant que c'est moi le bonheur, car il est en moi.

Tes paroles sont toujours puissantes et inspirantes. Quel que soit le contexte, tu as toujours cette vivacité d'esprit, cette joie qui te transporte bien au-delà du pessimisme et de la fatalité. Je note à nouveau cette règle de vie dans mon smartphone que je dois reprendre une à une pour en saisir leur portée et tout ce qu'elles induisent comme changement dans ma vie.

Je te rappelle que demain, je ne serai pas là. Je dois, comme je te l'avais dit, reprendre le chemin du retour. Je te promets de revenir dès que possible. Nous avons passé une fois de plus de longues heures ensemble à philosopher sur la vie, à évoquer les moments joyeux du passé, à bénir notre rencontre. Les projets de week-end ont fusé dans une envie pourtant sans espoir.

La journée touchant à sa fin, je te promets d'écrire un nouveau chapitre de notre amitié. La promesse sonne forte, souriante et solennelle. Nos regards emplis d'amitié et de chaleur masquent l'appréhension de notre inéluctable séparation.

Demain, tu seras fier de moi.

10

Trouver l'organe qui te fera vivre est le remède.

Soirée du mercredi 1er février 2023

D'aussi loin que je me souvienne, j'ai toujours eu du mal à quitter Montpellier. Plus exactement, à laisser derrière moi mon ami. Tu n'es jamais seul et ton attachement est sans doute moins fort que le mien expliquant ainsi que ce soit moins douloureux pour toi. À chaque fin de séjour, je repars seul, confronté aux difficultés de la vie et à sa monotonie que seule l'amitié parvient à apaiser.

Le poids de la désolation et de mon incapacité à pouvoir agir est un fardeau trop lourd à porter. C'est la gorge nouée et les yeux inondés de mes larmes que je sors de l'hôpital dans lequel je ne reviendrai sans doute pas.

Je marche longuement dans les rues pour tenter d'évacuer le stress et les images de toi qui ne s'échappent pas de mon esprit : ta fatigue, ta respiration, ta faiblesse physique, ton amaigrissement. Elles sont là, en boucle, cognant de plus en plus fort mon crâne jusqu'à ne plus en supporter la douleur.

Je suis coupable de ne pas avoir pu te sauver la vie. Je m'en veux. Je m'en veux à mourir. Ce n'est pas à toi de partir. Tu pourrais continuer sans moi. Je ne pourrai pas poursuivre ma route sans ton accompagnement, sans tes encouragements et sans ton amitié sans faille.

Il fait nuit à présent. Je navigue de bar en bar, de bières en alcools forts, entre le mal et le désarroi comme pour jeter une bouteille à la mer. Tu es mon phare mais ce soir il est éteint. C'est un naufrage.

Je reprends tes conseils les uns après les autres, j'entends ta voix gutturale résonner en moi malgré le vacarme de la brasserie dans laquelle je me trouve avachi sur une chaise dans un coin, accoudé à une table remplie de cadavres.

- C'est quand tout semble se dérober qu'il faut y croire plus que jamais ;
- Fais don aux autres de ce que tu as de plus précieux : le temps ;
- Mesure ta réussite dans l'impact que ta vie a dans celle des autres ;
- Le bonheur n'est jamais fonction d'éléments extérieurs, il se cache toujours en toi. Ne cherche pas le bonheur plus loin que sous tes yeux ;
- Si tu subis les mêmes évènements en boucle, c'est que tu as omis d'opérer un changement important en toi ;
- Vis chaque jour comme si c'était le dernier. Ne manque jamais une occasion d'exprimer de l'amour, par les mots et les actions ;

• À la question « à quoi bon vivre ? » Réponds toujours : parce que c'est moi.

Que cherches-tu à me faire comprendre ? Je suis persuadé que ces messages, ces codes sibyllins sont un appel à l'action mais lequel ? Qu'attends-tu de moi ?

Je les reprends les unes après les autres et comme un puzzle, je les assemble, les retourne, cherche à décrypter le message que tu m'invites à trouver. Les explications, du moins, les interprétations se précisent. L'image reconstituée de toutes les pièces prend peu à peu forme.

La vie se dérobe mais une solution existe

Je ne comprends pas… Je veux trouver cette solution que tu me suggères.

— Cherche encore, sembles-tu me dire.

Je me creuse les méninges. À part une transplantation… quelle autre solution ?

Je ne vois que cette solution, c'est ce que la médecin a dit. Il me faut à présent trouver un cœur. Dérober la vie à quelqu'un pour te permettre de ne pas m'abandonner est une solution possible bien qu'elle ne soit pas profitable à tous.

Faire don aux autres du temps…

Le temps justement est compté. À cette heure, peut-être es-tu déjà parti ? C'est au tour de mon cœur d'accompagner les images en boucle en cognant violemment contre ma poitrine. Il bat comme une horloge, comme les cloches d'une cathédrale qui sonnent le glas.

Tes paroles résonnent en moi, comme si tu étais devant moi, joyeux de me voir progresser.

— Voilà, tu avances ! C'est bien, Clément ! Le cœur rythme le temps !

Je suis excité à l'idée de trouver l'explication de tous ces messages. Je t'entends me féliciter. Ma tachycardie se ressent dans tout mon corps et me confirme que t'apporter un cœur est l'issue de ton calvaire. Où puis-je le trouver ? Mes angoisses se font de plus en plus fortes. J'ai une boule au ventre.

Quel impact dans la vie des autres ?

Mon inaction culpabilisante ne donne aucun impact, aucun sens à ma vie. Veux-tu dire que je dois agir maintenant pour changer la vie des autres, voire pour sauver une vie ? Sauver une vie en donnant la sienne, n'est-ce pas le plus beau geste ?

— Tu vois, tu t'en sors très bien ! Je suis fier de toi, Clément !

Même si l'énigme se dénoue petit à petit au fil des verres, je ne vois pas ce que tu me demandes de faire. Ma main tremble et peine à trouver mes lèvres pour apporter un breuvage qui, je l'espère, éclairera mon chemin.

Le bonheur se cache en moi, sous mes yeux…

À part les bières, je ne vois rien…

— Mais si, voyons ! cherche, c'est facile, me dis-tu, tout sourire.

Tout s'emballe, tout tourne autour de moi à la façon d'une centrifugeuse. Je cherche, je me cogne la tête contre la vitre et je pleure. Je te vois me dire que ton cœur te lâche. Voilà ! J'ai un cœur qui bat et c'est de là que vient le bonheur ! Le délire me poursuit et me résigne à penser que je ne pourrai vivre sans que tu sois à mes côtés.

Les évènements en boucle, un changement en moi…

Qu'est-ce que cela signifie ? Je t'implore et te supplie de m'aider.

— Tu vas trouver par toi-même, je le sais. J'ai confiance en toi. Je t'entends rire.

Qu'y a-t-il eu en boucle ces derniers jours ? Je sais, je t'ai vu tous les jours, sans amélioration, et ça, parce que je n'ai rien fait. Si je brise cette boucle, que je mets fin par je ne sais quelle action, tu vas te remettre, c'est certain… Encore une fois, te trouver l'organe qui te fera vivre est le remède.

Vis chaque jour comme le dernier…

J'ai bien fêté ça, crois-moi ! La folie a pris le contrôle de mon corps et de mon esprit. M'annoncerais-tu que c'est mon dernier jour ? C'est ça ?

— Voyons, Clément, notre amitié est illimitée et s'inscrit dans l'infini ! Tu le sais ! Je vois ton sourire angélique et ta joie de vivre. C'est palpable.

Dans un délire persistant, je me mets à rire et pleurer de joie. Je me sens fort et prêt à tout. Reste encore à décrypter tes messages qui feront de moi celui qui te sauvera.

À quoi bon vivre…

Pas plus tard que cet après-midi, tu m'expliquais que j'étais unique et capable de grandes choses pour les autres. Que je devais aligner mes actes sur mes valeurs. Passer pour un héros, celui qui se sacrifie pour les autres et surtout pour son meilleur ami est une description qui me plaît bien. Je dois donc réaliser un acte que personne n'est capable de faire pour que tu sois fier de moi.

— C'est bien, je constate que tu as bien tout compris ! dis-tu en applaudissant.

Les choses se précisent au fur et à mesure que mon esprit perd la raison. Je sens que tout s'illumine. Ton destin est entre mes mains.

Mon état d'ébriété et de mal être se fait remarquer et ne me permet plus de rester dans l'établissement. Autour de moi, les fêtards s'éloignent, me laissant seul avec les démons qui me hantent. L'homme si serviable quand je lui demandais une nouvelle bouteille a pris un autre ton. Il est face à moi et m'enjoint de sortir sans faire d'histoire. Sa carrure imposante me suggère de m'exécuter. Peu importe, j'ai trouvé la solution, mon puzzle est terminé. Je suis déterminé à passer à l'acte pour te remettre sur pied. Je suis soulagé et heureux ! Ne reste plus qu'à mettre mon plan machiavélique à exécution.

Assis sur un banc sous un réverbère, face au Lez qui coule paisiblement vers la mer, tesson de bouteille à la main, je trouvais au milieu d'une nuit froide parsemée d'étoiles scintillantes le donneur qui allait te sauver. La vie allait continuer, notre amitié allait grandir, l'ivresse gagnait et tout s'enchaînait dans la confusion de mes sentiments : cœur disponible, don d'organes, urgences… J'appelle les secours. Les mots sortent tant bien que mal pour expliquer l'urgence de la situation au SAMU. Au téléphone, j'explique au médecin la marche à suivre, donne ton identité et lui précise qu'il trouvera un corps sans vie dont le cœur t'est destiné.

Il ne reste plus qu'à m'éclipser mais avant, je saisis un carnet de ma poche et en détache une page sur laquelle je concentre toute mon attention pour écrire quelques mots.

11

Nos cœurs sont à jamais liés.

Jeudi 2 février 2023

Il est deux heures trente-six lorsque le SAMU prend en charge la personne retrouvée inanimée sur le banc. Le corps, à peine refroidi par la fraîcheur de la nuit, est transporté en urgence à l'hôpital le plus proche. Le cœur bat encore. Le médecin trouve un papier tenu dans la main de l'inconnu qui précise comme au coup de fil reçu quelques instants plus tôt ton identité et la volonté de donner ses organes.

Malgré les tentatives de réanimation, la vie s'arrêta nette. Aussi net que les entailles au poignet et à la veine jugulaire laissées par le tesson de bouteille retrouvé à côté du corps. Il servira de pièce à conviction pour la police chargée de l'enquête. Elle soupçonne une énième bagarre sur fond d'alcool qui aurait mal tourné. Le quartier est mal famé le soir. Les vagabonds et toxicomanes s'y donnent rendez-vous à la nuit tombée. Aucun témoin à cette heure tardive. Une affaire rondement menée qui sera, à n'en pas douter, rapidement classée sans suite. Le Midi Libre informera brièvement ses lecteurs de ce qui est convenu d'être appelé un fait divers.

Le service dans lequel tu te trouves est prestement réveillé : infirmiers, médecin, professeur, tout le monde est sur le qui-vive. Une nouvelle course contre la montre est lancée. Un cœur ne peut attendre plus de quatre heures.

Le protocole est appliqué pour que le cœur qui te sauvera peut-être soit amené sous escorte policière dans les plus brefs délais. Les sirènes et les gyrophares ouvrent la voie.

À l'hôpital, les lumières blanches éclatantes du bloc opératoire éclairent la salle d'opération avec une intensité presque surnaturelle. Les infirmières arrivent les unes après les autres. Chacune à leur poste, elles s'appliquent à la préparation minutieuse du matériel. L'une range sur les tables chirurgicales les bistouris, les scalpels et les lames pointues et coupantes qui bientôt inciseront ta chair. L'autre installe le cardioscope chargé de surveiller les battements de ton cœur durant l'intervention. Toutefois, dans un silence absolu et un calme apparent, la tension demeure. Le chirurgien est reconnu comme le spécialiste de la transplantation cardiaque mais une telle opération reste néanmoins lourde et risquée.

Pendant ce temps, la médecin te sort de ton sommeil en pleine nuit pour t'annoncer qu'une greffe est possible. Une fois ton accord donné, tu es amené en civière auprès de l'anesthésiste pour te renvoyer dans le sommeil duquel on t'avait brutalement tiré. Tu n'as ni le temps de réaliser ce qui va se passer ni le temps de t'inquiéter. Tu dormiras jusqu'à ce que tu sois réanimé.

Deux infirmiers t'emmènent directement au bloc opératoire, enfin prêt à t'accueillir. Le chirurgien arrive et se concentre sur les actes qui vont changer ta vie. À ses côtés, les infirmières sont prêtes à dégainer les instruments dont il aura besoin en une fraction de seconde, prêtes à exécuter toutes les demandes. Un drap de couleur verte te recouvre en totalité. Seul ton thorax est apparent au travers d'une ouverture rectangulaire, prêt à accueillir un nouveau cœur. La lumière de la lampe scialytique se concentre sur toi, objet de toutes les attentions.

Le chirurgien, d'un geste assuré, pratique une incision au niveau de la cage thoracique puis procède avec précision à la découpe du sternum pour accéder à l'organe défectueux. Une machine va temporairement remplacer le cœur pendant l'intervention et alimenter ton corps de l'oxygène vital à ta survie.

Le cœur du chirurgien et des infirmières qui t'entourent se met à battre plus intensément à l'aube de ta renaissance. Ils savent que d'eux dépend la vie d'une personne. Ton avenir est maintenant entre leurs mains. Avec détermination, le chirurgien fait signe de se tenir prêt.

Ton corps est affaibli par une crise cardiaque qui menace ta vie. Chaque respiration, chaque battement de ton cœur est un combat contre la douleur et l'incertitude. Combat que tu es en passe de gagner. Cette fois, la greffe est compatible, le greffon arrivera dans quelques minutes.

Il est retiré du corps sans vie d'un individu, qui te fait le cadeau de la vie, la chance de renaître et de poursuivre ton œuvre. Il y avait un moment de silence presque solennel dans le bloc. Un moment de reconnaissance pour le don le plus beau qui puisse exister.

Le greffon est apporté. Le chirurgien met l'appareil de circulation extracorporelle en marche et retire de ta poitrine ton cœur qui tressaille encore entre ses mains. Le greffon est déposé et relié aux principaux vaisseaux et tissus cardiaques restants.

Le temps est suspendu pendant un instant. Un moment qui paraît une éternité. Puis, soudain, le miracle se produit. Ton nouveau cœur se met à battre à l'intérieur de toi. Les ventricules alimentent en oxygène le corps qui en avait tant besoin.

Dans un geste aussi adroit que risqué, le chirurgien incise, découpe, pique, coud, maltraite ton corps avec expertise.

Après plus de six heures de travail, l'équipe médicale se relâche. Dans la salle d'opération, les visages se remplissent de sourires et de joie. Le soulagement est tangible.

À ton réveil, une énergie vitale envahit de nouveau ton corps. Les douleurs respiratoires disparaissent pour laisser place à une respiration franche et importante. Tu inspires, tu expires pour tester dans les tours ton nouveau moteur. Te voilà rassuré. Ton visage exprime un sourire plein de promesses pour un avenir qui te semblait inaccessible il y a encore quelques heures.

Tu as hâte que je revienne pour m'annoncer la nouvelle et en profiter pour me dire :

— Tu vois, quand tout se dérobe, c'est là qu'il faut y croire !

Si tout va bien, tu sortiras dans deux ou trois semaines. Tu as la ferme intention de tenir tes promesses. Nous irons en voyage et nous passerons du temps ensemble. Tu me connais, tu sais que je vais débarquer d'un moment à l'autre.

Tu penses au donneur et à la générosité de son geste empreint de courage et d'humanité. Il te rappelle que le karma fait bien les choses pour toi. Tu es témoin de la résilience humaine, de la capacité que nous avons de nous relever même en ayant côtoyé la fin. Tu bénéficies de la compassion divine qui peut émerger même dans les moments les plus sombres de notre histoire personnelle.

La médecin avait récupéré auprès du SAMU un mot déposé dans la poche du donneur qui demandait à ce qu'il te soit transmis. Tu ouvres ce petit bout de papier froissé. Il y est écrit :

« À présent, mon ami, nos cœurs sont à jamais liés.
Vis comme si c'était le dernier jour.

Clément »

Imprimé en France
Achevé d'imprimer en novembre 2023
Dépôt légal : octobre 2023

Pour

Le Lys Bleu Éditions
40, rue du Louvre
75001 Paris